Das didaktische Konzept zu **Sonne, Mond und Sterne**
wurde mit Prof. Dr. Manfred Wespel, Pädagogische Hochschule
Schwäbisch Gmünd, entwickelt.

Die Olchis auf Geburtstagsreise
ist auch als szenische Lesung (CD) erschienen

Beim Druck dieses Produkts wurde durch den innovativen Einsatz der Kraft-Wärme-Kopplung im Vergleich zum herkömmlichen Energieeinsatz bis zu 52% weniger CO_2 emittiert.

Minus 52% CO_2

MIX
Papier aus verantwortungsvollen Quellen
FSC® C011124

Überarbeitete Neuausgabe

© Verlag Friedrich Oetinger GmbH, Hamburg 2002, 2010
Alle Rechte vorbehalten
Titelbild und farbige Illustrationen: Erhard Dietl
Reproduktion: Domino Medienservice GmbH, Lübeck
Druck und Bindung: Mohn media · Mohndruck GmbH, Gütersloh
Printed 2011
ISBN 978-3-7891-0678-1

www.olchis.de
www.oetinger.de

Erhard Dietl

Die Olchis
auf Geburtstagsreise

Verlag Friedrich Oetinger · Hamburg

Das ist ein Olchi

Ein Olchi hat Hörhörner.
Er hört Ameisen husten
und Regenwürmer rülpsen.

Die Knubbelnase riecht
gern Verschimmeltes und
faulig Stinkendes.

Olchi-Haare sind so hart,
dass man sie nicht mit
einer Schere schneiden
kann, sondern eine Feile
braucht.

Olchi-Augen fallen gerne
zu, denn ein Olchi ist
stinkefaul und schläft für
sein Leben gern, egal, ob es
Tag ist oder Nacht.

Olchi-Zähne knacken alles,
Glas, Blech, Plastik,
Holz oder Stein!

In Schlammpfützen
hüpfen die Olchis
gern herum.

Olchis freuen sich, wenn sie
im Müll leckere Sachen
finden. Sie essen und trinken
am liebsten Scharfes, Bitteres
und Ätzendes.

Ein Olchi wäscht sich nie.
Daher stinkt er fein faulig.
Fliegen lieben die Olchis, aber
ihr Mundgeruch lässt die
Fliegen oft abstürzen.

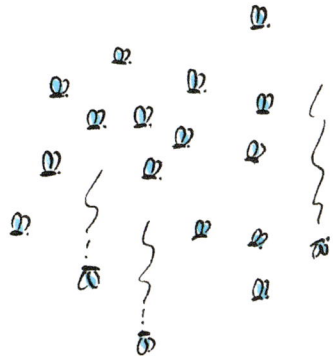

Olchis sind stark.
Einen Ziegelstein können
sie 232 Meter weit werfen.

In stinkigem Qualm fühlen
sich Olchis besonders wohl.
Auch Autoabgase atmen sie
gern ein.

1. Hohe Gipfel und ein alter Bekannter

„Hühnerdreck und Pferdemist,
wie olchig doch das Leben ist!
Wir fahren in die weite Welt
ohne Ausweis, ohne Geld ...!",

singt Olchi-Opa vergnügt. Er hat heute
Geburtstag und die Olchis wollen einen
Ausflug machen. Die Olchis feiern ihren
Geburtstag, wann sie wollen und sooft sie
wollen.
„Heute ist mein 2400. Geburtstag!", ruft Olchi-
Opa. „Und ich wünsche mir eine oberolchige
Geburtstagsreise! Wir suchen uns irgendwo

ganz weit weg ein schönes, muffeliges Plätzchen. Dort wird dann gefeiert, bis die Wände wackeln! Wird höchste Zeit, dass wir mal aus Schmuddelfing rauskommen! Muffel-Furz-Teufel! Wir sind ja richtige Stubenhocker geworden!"

„Richtige Müllberghocker!", meint auch das eine Olchi-Kind.

Olchi-Opa hat gerade seine alte Knochenpfeife und zwei Fläschchen Fahrradöl in der Hosentasche verstaut. Fahrradöl trinkt er für sein Leben gern, das muss er unbedingt mitnehmen.

„Schlapper Schlammlappen, eine große Reise! Dass ich so was noch erleben darf! Ich bin ja ganz aufgeregt!", ruft Olchi-Oma. Sie stopft ihr altes Grammofon und die Platte mit ihrer Lieblingsmusik in einen blauen Müllsack.

Olchi-Mama wirft noch ein paar ranzige Schlammplätzchen hinein und eine Handvoll rostiger Nägel, Glasscherben und Dosen. Das ist die Brotzeit für unterwegs.

Die Olchi-Kinder wollen natürlich auch Flutschi,
die Fledermaus, in ihrem Käfig dabeihaben.
Und Feuerstuhl, der große grüne Olchi-Drache,
hat sowieso gerade vierzehn Tage lang
geschlafen. Da ist er fit für die lange Reise.
Olchi-Papa hat ihn heute Morgen noch frisch
aufgetankt, mit einer Badewanne voll benziniger
Seifenlauge.
„Es kann losgehen!", ruft Olchi-Opa.
Alle klettern auf Feuerstuhls schuppigen
Rücken. Olchi-Opa zuerst, dann Olchi-Oma,
Olchi-Mama mit Olchi-Baby, Olchi-Papa und
die beiden Olchi-Kinder.

„Spotz-Rotz!", rufen die Olchis und Feuerstuhl
hebt knatternd ab.
Schnell haben sie Schmuddelfing und die
Müllkippe hinter sich gelassen. Sie fliegen über
Wiesen und Felder, über Dörfer und Wälder
und durch weiße Wolken, immer der Sonne
entgegen.
„Schleime-Schlamm-und-Käsefuß, olchiges
Schmuddelwetter wär uns lieber!", meckern die
Olchi-Kinder.
Der Fahrtwind pfeift den Olchis um die
Hörhörner, und bald grölen sie alle zusammen
aus voller Kehle das Olchi-Lied:

„Fliegenschiss und Olchi-Furz,
wo wir landen, ist uns schnurz,
wir fliegen in den Tag hinein,
das Leben kann nicht schöner sein!

Muffelfurz und Stinkersocken,
nicht nur auf dem Müllberg hocken!
Schleime-Schlamm-und-Käsefuß,
Geburtstag ist ein Hochgenuss!"

Nachdem Feuerstuhl ein paar Stunden so dahingeknattert ist, knurrt den Olchis der Magen und Olchi-Oma muss mal dringend. Also setzt der Drache zur Landung an. Hoch oben im Gebirge, auf der höchsten Spitze eines Berges, lässt er sich nieder.
Ein eisiger Wind wirbelt dicke Schneeflocken wie Wattebällchen durch die Luft. Die Olchis schnattern vor Kälte mit den Zähnen.
„Kein sehr olchiges Plätzchen zum Geburtstagfeiern", sagt Olchi-Opa. „Schnell ausruhen und dann weiter!"

Olchi-Mama verteilt die Brotzeit aus dem Müll-sack.

„Muffel-Furz-Teufel! Die Berge hier sind ja ganz blau!", sagt das eine Olchi-Kind mit vollem Mund.

„Bei meinem grätzigen Stinkersocken!", sagt Olchi-Papa. „Dann sind wir hier in den blauen Bergen gelandet! Da muss doch hier irgendwo der blaue Olchi wohnen! Erinnert ihr euch an ihn? Vielleicht sollten wir ihn besuchen! Was meint ihr?"

„Muss das sein?", rufen die Olchi-Kinder wie aus einem Mund.

„Doch nicht an meinem Geburtstag!" Olchi-
Opa ist entsetzt.

Vor langer Zeit hat der blaue Olchi einmal bei
ihnen auf der Müllkippe gewohnt. Er ist ihnen
damals schrecklich auf die Nerven gegangen
wegen seiner Besserwisserei und seinem
grauenhaften Ordnungsfimmel.

Auf der Müllkippe hat er den Müll ordentlich
gestapelt! Sogar die Schlammpfützen hat er
gerade gezogen wie mit einem Lineal.
„Wenn ich nur an ihn denke, läuft es mir kalt
den Rücken hinunter!", sagt Olchi-Mama.
Olchi-Baby fängt an zu plärren und Olchi-
Mama steckt ihm schnell seinen Schnuller-
Knochen in den Mund.
Aus heiterem Himmel ruft da plötzlich
eine krächzende Stimme: „Hallihallö! Na
sö was! Wö kömmt ihr denn her? Sö eine
Überraschung!"
Die Olchis zucken zusammen. Sie trauen ihren
Hörhörnern kaum: Das ist doch die Stimme
des blauen Olchis! Und tatsächlich, schon
sehen sie den blauen Olchi die letzten Meter
zu ihrem Gipfel heraufklettern.
„Ich glaub, mich tritt ein Pferd ...", murmelt
Olchi-Oma.
Der blaue Olchi ist ausgerüstet wie ein
Bergsteiger. Mit Wanderschuhen, Hut, Seil
und Haken und einem riesigen Rucksack.

„Was für ein Zufall. Wir wollten dich gerade besuchen!", schummelt Olchi-Opa.

„Sö ist es recht! Ich wöhne dört unten im Tal. Hab jetzt ein ördentliches Reihenhaus. Tötal sauber und gepflegt!"

Der blaue Olchi faltet ein großes kariertes Taschentuch auseinander. Er breitet es ordentlich auf dem Boden aus und setzt sich darauf. Dann holt er eine Plastiktüte aus dem Rucksack. Mit einer Nagelschere schneidet er die Tüte in gerade Streifen.

Er stopft sie sich genüsslich in den Mund und erklärt: „Frische Luft macht sö hungrig! Bergsteigen ist mein Höbby. Das mach ich jetzt jede Wöche!"

„Wie aufregend", sagt Olchi-Mama.

„Ist ja reizend", sagt Olchi-Oma und rülpst.
„War schön, dich zu treffen", sagt Olchi-Opa.
„Aber ich glaube, wir müssen jetzt los. Wir
machen nämlich eine Geburtstagsreise und
haben es sehr eilig."
„Wöllt ihr denn schön gehen?", sagt der
blaue Olchi enttäuscht. „Ihr könntet döch bei
mir übernachten. Ich hab ein sehr ördentliches
Gästebett und ein sauberes Gästeklö und ..."
„Ein andermal vielleicht!", rufen die Olchis.
Schnell wie der Wind sind sie aufgestiegen.

Feuerstuhl stößt ein paar gelbe Stinkerwolken
aus und schon düst er los.
Der blaue Olchi winkt ihnen noch mit dem
Taschentuch nach. Doch die Olchis sind schon
in der dichten Wolkendecke verschwunden.

2. Das war knapp!

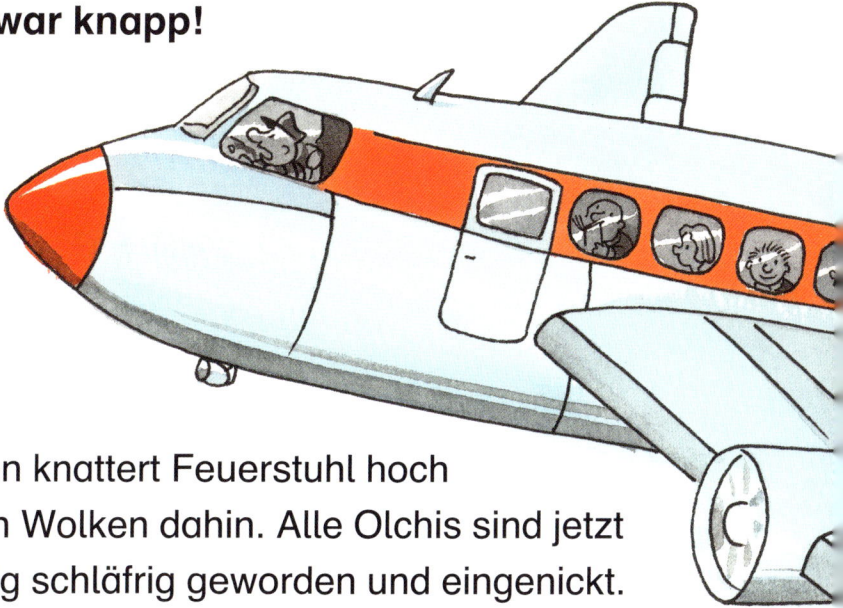

Zufrieden knattert Feuerstuhl hoch
über den Wolken dahin. Alle Olchis sind jetzt
ein wenig schläfrig geworden und eingenickt.
Gerade als sie über das Meer fliegen, kommt
ihnen ein riesiges Verkehrsflugzeug entgegen.
Der Drache merkt nichts davon, denn auch
ihm sind vor Müdigkeit die Augen zugefallen.
Im Halbschlaf düst er stur geradeaus. Schnell
kommt das Flugzeug immer näher. Es rast
genau auf die Olchis zu! Jetzt sind es nur noch
ein paar hundert Meter! Da macht Olchi-Papa
die Augen auf.
„Aufpassääääään!!!", schreit er, so laut er
kann.

In allerletzter Sekunde schlägt Feuerstuhl einen blitzschnellen Haken. Das Flugzeug donnert haarscharf an ihnen vorbei.

Von den Luftwirbeln werden die Olchis kräftig durchgerüttelt und wach geschüttelt und der Lärm der Flugzeugdüsen lässt ihre Hörhörner vibrieren.

„Spotz-Teufel! Was war das?", ruft Olchi-Mama erschrocken.

„Das war knapp! Beim Grätenfurz!", meint Olchi-Opa.

Und Olchi-Papa sagt ärgerlich zu Feuerstuhl: „Pass gefälligst besser auf! Rotziger Schlammsack! Willst du uns alle umbringen?"

Doch Feuerstuhl schnaubt nur verächtlich und rülpst. Ihn kann so schnell nichts aus der Ruhe bringen. Seelenruhig fliegt er weiter.

Olchi-Baby hat wieder angefangen zu plärren. Sein Schnuller-Knochen ist ihm aus dem Mund gefallen. Der liegt jetzt irgendwo da unten.

„Wir dürfen auf gar keinen Fall wieder einschlafen!", erklärt Olchi-Opa.

„Es ist doch schon Nacht geworden!", sagt
Olchi-Oma. „Kein Wunder, dass wir müde sind."
„Los, Feuerstuhl, flieg mal ein wenig tiefer!",
ruft Olchi-Papa. „Wird Zeit, dass wir uns
irgendwo ein Bett suchen."
Nach einer Weile sehen sie endlich Land unter
sich. Feuerstuhl fliegt jetzt so tief, dass seine
Beine die Baumwipfel streifen. Endlich erkennen
sie die dunklen Umrisse eines Gebäudes.

Dort setzt der Drache zur Landung an und
die Olchis steigen ab. Sie sind mitten in einer
schottischen Burgruine gelandet.
Feuerstuhl legt sich erschöpft hinter eine
verfallene Mauer und schläft sofort ein.
„Seht nur, hier ist eine Tür!", ruft Olchi-Papa
aufgeregt.
Mit einem kräftigen Biss beißt er ein schweres
Vorhängeschloss durch und stemmt die
knarzende Eichentür auf.
Vor ihnen liegt ein großer düsterer Raum.
Den modrigen Geruch finden die Olchis sehr
angenehm.
In der Ecke erkennen sie ein wackeliges
Bettgestell mit einer zerschlissenen Matratze.
Das ganze Zimmer und das Bett sind mit
Spinnweben übersät.
„Wie wunder-, wunderschön!", sagt Olchi-
Mama begeistert.
„Sieht doch alles sehr einladend aus!",
sagt Olchi-Papa und lässt sich auf das Bett
plumpsen.

„Feiern wir hier deinen Geburtstag?", wollen
die Olchi-Kinder wissen.
„Heute nicht mehr", sagt Olchi-Opa. „Ich bin
hundemüde."
Die Olchis klettern auf das wackelige Bett und
bald schnarchen sie alle wie die Holzfäller.

3. Herberge mit Gruselspaß

Im Zimmer ist es still wie in einer Gruft und der Mond wirft einen fahlen Schein durchs Fenster. Alles scheint ruhig und friedlich. Plötzlich wird das eine Olchi-Kind von einem merkwürdigen Geräusch geweckt.

Das Olchi-Kind spitzt die Hörhörner. Was ist das für ein unheimliches Jammern und Heulen?

„Schleime-Schlamm-und-Käsefuß! Wacht auf!", ruft das Olchi-Kind und rüttelt die anderen Olchis wach.

Jetzt ist das schauerliche Geheule noch lauter geworden. Die Olchis sehen eine weiße Gestalt ins Zimmer schweben.

„Huuuuuuh!", jammert die unheimliche Gestalt. Dabei rasselt sie mit einer langen Kette und sieht so fürchterlich aus, dass einem das Blut in den Adern gefrieren könnte. Die grausige Stimme klingt so hohl, als würde man in einen Kochtopf sprechen: „Huuuuuuh! Ich bin MäcDussel, das grauenhafte Schlossgespenst!"

„Spotz-Teufel! Und wir sind die Olchis!", ruft Olchi-Opa laut. „Du siehst ja komisch aus! So einen wie dich hab ich in meinen 895 Jahren noch nicht gesehen!"

„Huuuuaaaah!", stöhnt das Gespenst noch lauter. Es fletscht die Zähne, rasselt mit der Kette und gibt sich die allergrößte Mühe, die Olchis zu erschrecken. „Ich bin der allerschrecklichste Geist von Schottland! Bei meinem Anblick wird jeder augenblicklich zu Stein! Huuuuuuaaaaah!"

„Und beim Anblick deiner rostigen Kette
krieg ich augenblicklich Appetit!", sagt Olchi-
Oma, schnappt sich blitzschnell die schwere
Rasselkette und beißt ein Stück davon ab.
„Wir wollen auch was!", rufen die anderen
Olchis.
Schon machen sich alle über die leckere Kette
her.
Sofort hört das Gespenst auf zu heulen. Völlig
verdutzt sieht es zu, wie sich die Olchis die
rostige Eisenkette schmecken lassen, wie sie
genüsslich mampfen und rülpsen.

„Wie... wieso zittert ihr nicht vor mir?", stottert
das Gespenst.
„Du bist ein komischer Kauz!", sagt Olchi-Oma
und lacht. „Komm her, setz dich zu uns!"
„In tausend Jahren ist mir so was noch nicht
passiert", murmelt das Gespenst. Es schwebt
zur Bettkante und setzt sich.
Das eine Olchi-Kind fragt: „Tausend Jahre
bist du schon hier? Ist das nicht ein bisschen
langweilig?"
„Wohnst du ganz alleine hier?", will das andere
Olchi-Kind wissen.

„Na ja, früher war hier mehr los", seufzt das
Gespenst. „Da gab es Feste bei Kerzenschein
und jede Menge Gäste und Musik. Heutzutage
hab ich nur noch ein paar Ratten im Keller, die
mit mir spielen."

„Was machst du denn den ganzen Tag?", fragt
das eine Olchi-Kind.
„Tagsüber schlafe ich und nachts spuke ich",
erklärt das Gespenst. „Ich war heute so froh,
dass ihr gekommen seid. Ihr seid die ersten
Übernachtungsgäste seit hundert Jahren! Ich
hätte euch so gerne erschreckt!"
„Du Ärmster!", sagt Olchi-Mama. „Aber du hast
deine Sache wirklich gut gemacht. Wir haben
uns alle ganz schön gegruselt, nicht wahr?"

„Ja, wirklich schön gegruselt, sehr arg
gegruselt!", rufen alle Olchis und nicken eifrig
mit den Köpfen.
„Schon gut, gebt euch keine Mühe", sagt das
Gespenst. „Ich hab eben alles verlernt mit den
Jahren. Hatte einfach zu wenig Übung."
Das Gespenst sieht jetzt richtig traurig aus.
„Du tust mir so leid", sagt Olchi-Oma.
„Schleime-Schlamm-und-Käsefuß, was können
wir denn für dich tun?"
Da haben die Olchi-Kinder eine Idee. Sie wollen
dem Gespenst Flutschi, die Fledermaus,
schenken. Flutschi passt doch prima in so eine
Burgruine. Hier fühlt sie sich bestimmt wohl.

Und das einsame Gespenst braucht doch ganz dringend ein Kuscheltier.

Das Gespenst strahlt vor Freude über das ganze Gesicht. Es hat sogar eine schimmernde Träne im Augenwinkel. „Noch nie hat mir jemand etwas geschenkt! Huuhuuu", heult das Gespenst. Aber jetzt heult es vor Rührung. Es schwebt zum Fensterbrett und Flutschi flattert hinterher. Noch einmal dreht das Gespenst sich um und winkt, dann ist es in der dunklen Nacht verschwunden.

„Ein verdammt netter Bursche, Spotz-Teufel", sagt Olchi-Opa.

„Und eine verdammt leckere Kette", sagt Olchi-Oma und leckt sich die Lippen.

Olchi-Baby nuckelt zufrieden an einem Kettenglied. Auch die anderen Olchis kuscheln sich wieder zusammen, und es dauert nicht lange, da fallen ihnen die Augen zu.

4. Touristen-Überfall

Am nächsten Morgen sind alle ausgeruht
und munter.

„Ich will heute den ganzen Tag auf der Burg
bleiben!", sagt Olchi-Opa gut gelaunt. „Hier
können wir doch prima meinen Geburtstag
feiern!"

„Deinen Geburtstag hast du doch gestern
gehabt", sagt das eine Olchi-Kind. „Hast du
denn heute schon wieder?"

„Ich habe immer noch!", sagt Olchi-Opa.
„Ich hab tagelang Geburtstag. Solange wir
unterwegs sind, hab ich Geburtstag."

„Krötig!", rufen die Olchi-Kinder. „Dann
feiern wir heute mit den Ratten im Keller!

Das Gespenst hat gesagt, da sind Ratten im
Keller! Das wird bestimmt oberolchig!"
„Eine krätzige Idee. Gefällt mir gut!", sagt
Olchi-Opa und reibt sich vergnügt die Hände.
„Seht doch nur, was da kommt!" Olchi-Mama
zeigt auf den riesigen Reisebus, der da den
holperigen Weg zur Burg heraufzuckelt.
Als der Bus anhält, klettern jede Menge
bunt gekleidete Touristen heraus. Sie sind
bewaffnet mit Foto-Apparaten, Landkarten,
Ferngläsern, Sonnenbrillen, Video-Kameras
und Brotzeit-Beuteln. Alle schnattern laut
durcheinander.

Sie klettern auf den verfallenen Mauern herum.
Sie machen Fotos von sich und von der Burg,
von ihrem Reisebus und von der schönen
Landschaft. Sie kleben ihre Kaugummis an die
alte Burgmauer und werfen leere Dosen in den
Burggraben.
Was für ein Tohuwabohu!
Die Olchis haben sich hinter der Burgmauer
versteckt.
„Schlapper Schlammlappen!", knurrt Olchi-
Opa. „Was sind denn das für Kerle?"
Jetzt steigen auch noch zwei original
schottische Dudelsackspieler in Schotten-
röcken aus dem Bus. Sie stellen sich direkt vor
die Mauer und fangen an zu spielen. Noch nie
haben die Olchis so schöne Musik gehört!
Schrill und schräg und laut klingt es ihnen in
den Hörhörnern. Begeistert klettern sie auf die
Burgmauer und grölen zur Dudelsack-Musik
ihr Olchi-Lied.
Die Touristen starren auf die Olchis, als wären
es Außerirdische.

„Das sind Olchis!", schreit der kleine Paul.
Er kennt die Olchis gut, denn er hat gerade
während der Busfahrt ein Olchi-Buch gelesen.
Die Touristen fotografieren die Olchis und Paul
bietet ihnen Kaugummi an. Das eine Olchi-
Kind packt den Kaugummi und verschluckt ihn
mitsamt dem Papier.
Pauls Mutter ruft erschrocken: „Pass auf, dass
sie dich nicht beißen!" Sie zieht Paul von den
Olchis weg.
Ein paar Touristen halten sich die Nase
zu, denn die Olchis verströmen einen sehr
olchigen Geruch.
Von dem Lärm ist jetzt auch Feuerstuhl wach
geworden. Wutschnaubend kommt er hinter
der verfallenen Steinmauer hervor. Er mag es
gar nicht, wenn man ihn so unsanft weckt.
Nervös scharrt Feuerstuhl mit den Füßen und
stößt eine so gewaltige gelbe Stinkerwolke
aus, dass der Busfahrer grasgrün im Gesicht
wird. Er muss sich setzen und zwei Damen
fächeln ihm frische Luft zu.

„Oje, Feuerstühlchen ist ganz unruhig", sagt Olchi-Mama.

„Er will hier weg", sagt Olchi-Oma. „Er mag den Trubel nicht!"

Schnell klettern die Olchis auf Feuerstuhls Rücken. Der Drache wartet nicht ab, bis jemand „Spotz-Rotz!" ruft. Er stößt eine 1000 Grad heiße Stinkerwolke aus und schon hebt er ab. Über die Köpfe der staunenden Touristen hinweg knattern die Olchis davon.

„Schade, dass wir nicht länger bleiben konnten!", ruft Olchi-Mama den anderen Olchis zu.

„Wieso denn?", fragt Olchi-Papa.

„Na, diese Kerle haben doch überall ihren Müll verteilt! So leckere Coladosen hab ich gesehen und erstklassige Bierdosen und die herrlichen Tüten und Alufolien! Spotz-Teufel, mir ist das Wasser im Mund zusammengelaufen!"

5. Feiern, bis sich die Balken biegen

Da Feuerstuhl ein sehr ausdauernder und
zuverlässiger Flieger ist, sind die Olchis an
diesem Tag noch sehr weit gekommen. Bis
nach Frankreich!
Aber das wissen die Olchis natürlich nicht,
denn sie haben keine Ahnung von Geografie.
Direkt unter ihnen liegt die Stadt Paris.
Den Olchis knurrt der Magen jetzt so laut wie
Feuerstuhls Auspuff.
Und wo lässt sich der Drache diesmal nieder?
Natürlich auf dem Eiffelturm!

Die Olchis staunen nicht schlecht, als sie den riesigen Turm sehen.

Er ist 320 Meter hoch und besteht aus 10 000 Tonnen Stahl und Eisen-Stangen.

Bald sitzen die Olchis auf einem der Eisen-Träger, 200 Meter hoch über dem Erdboden, und lassen ihre Füße herunterbaumeln.

„Krötiger Schlammbeutel!", rufen die beiden Olchi-Kinder begeistert. Sie balancieren gleich auf den Eisen-Trägern herum, so geschickt wie die Affen im Zoo.

„Spotz-Teufel, passt nur auf, dass ihr nicht runterfallt!", ruft ihnen Olchi-Mama zu.

„Lasst uns mal gleich probieren, wie das Ding schmeckt!", sagt Olchi-Oma hungrig. Sie beißt ein ordentliches Stück aus einem der Stahl-Träger.

„Nicht übel!", sagt sie. „Fast noch besser als die köstliche Kette gestern Abend."
Olchi-Oma rülpst und wischt sich über den Mund.
„Na ja, ein bisschen trocken vielleicht", meint Olchi-Opa.
Er hat eine dicke Schraube herausgedreht und kaut sie mit vollen Backen. Damit es besser rutscht, nimmt er ein Schlückchen Fahrradöl.

Olchi-Mama knabbert an einem schweren eisernen Stütz-Pfeiler herum. Der Stütz-Träger neigt sich mit einem leisen Ächzen ein wenig zur Seite.

„Ist es hier oben nicht wunder-, wunderschön?", ruft Olchi-Oma. „Es wird Zeit, dass wir es uns gemütlich machen!" Sie fischt das alte Grammofon aus dem Müllsack und legt ihre Schallplatte auf.

„Das ist jetzt deine Geburtstagsmusik!", ruft sie Olchi-Opa zu.

Laut schallt Olchi-Omas Lieblingslied vom Eiffelturm:

„Wenn bei Capri die rote Sonne im Meer versinkt ..."

Olchi-Opa ist ganz gerührt. Versonnen schaut er auf die riesige Stadt Paris, die da unten zu seinen Füßen liegt. Dann gibt er Olchi-Oma einen Schmatz auf ihre dicke Knubbelnase und sagt: „Schleime-Schlamm-und-Käsefuß! Gibt es einen schöneren Ort zum Geburtstagfeiern?"

„Ein herrlicher Tag!", sagt Olchi-Oma.

„Sieh doch nur, was die Kinderchen für einen Spaß haben!"
Die beiden Olchi-Kinder probieren gerade ihre olchigen Kräfte an einer dicken Eisen-Strebe aus. Die ist ganz schön hart und widerspenstig. Die Olchi-Kinder haben alle Mühe, sie aus der Verankerung zu zerren.
„Geschafft!", ruft das eine Olchi-Kind und hält einen schweren Eisen-Riegel in die Luft.
„Ich bin stärker!", ruft das andere Olchi-Kind und biegt eine dicke Metall-Stange so lange hin und her, bis sie auseinanderbricht.
Da fängt der mächtige Turm mit einem Mal an zu ächzen und zu knirschen. Dicke Bolzen schnalzen heraus, Schrauben verbiegen sich

und die schweren Stahl-Träger rutschen aus
der Aufhängung.

Olchi-Papa ruft erschrocken: „Rostiger
Käsesocken!"

„Festhalten!", schreit Olchi-Mama.

Der ganze obere Teil des Eiffelturms neigt
sich gefährlich knirschend zur Seite. Aber zum
Glück fällt der Turm nicht um. Nur ein wenig
schief steht er jetzt da.

„Schade, jetzt sieht er ganz geknickt aus!",
sagt Olchi-Oma.

Olchi-Opa hält seine Fahrradöl-Fläschchen in
die Höhe und ruft: „Können wir jetzt vielleicht
mal ein Schlückchen auf meinen Geburtstag
trinken? Zum Wohl, meine Lieben!"

Natürlich herrscht unten in Paris sofort helle
Aufregung.
Die Polizei kommt mit Blaulicht angerast, die
Feuerwehr mit fünf Löschzügen und zehn
Notarzt-Wagen gleich noch hinterher.
Die Leute vom Fernsehen schaffen ihre
größten Übertragungs-Wagen heran.
Tausende starren auf den schiefen Eiffelturm.
Doch die Olchis bekommen das gar nicht mit.

Sie wundern sich nur über die beiden Polizei-Hubschrauber. Pausenlos kreisen sie jetzt um den Turm und machen dabei so einen Höllenlärm, dass die Olchis ihr eigenes Wort nicht mehr verstehen.

„Ich halte diesen Krach nicht aus!", schreit Olchi-Oma verärgert und hält sich die Hörhörner zu.

„Das darf doch wohl nicht wahr sein!", schimpft Olchi-Opa. „Kann man denn wirklich nirgends in Ruhe seinen Geburtstag feiern? Glibberiger Käsefurz! Sumpfige Schlammsocke!"

Der Motorenlärm ist wirklich unerträglich.

„Nichts wie weg hier!", ruft Olchi-Oma und packt ihr Grammofon wieder in den Müllsack. Die Olchis springen auf Feuerstuhls breiten Rücken, und der Drache düst davon, so schnell er kann.

Olchi-Baby hustet und Olchi-Mama muss ihm auf den Rücken klopfen. Es hat nämlich noch ein Stückchen Eiffelturm im Mund. Daran hätte es sich beinahe verschluckt.

6. Die Olchis tun ein gutes Werk

„Seht nur diesen himmlischen Sonnen-
untergang!", ruft Olchi-Oma. „Das ist ja so
romantisch!"

„Ich weiß nicht, was du daran schön finden
kannst", sagt Olchi-Opa. „Ich steh mehr auf
Müllberge!"

„Ja, am allerschönsten sind Müllberge und
Schmuddelwetter! Das ist das Größte!",
schwärmt Olchi-Mama gleich.

„Jetzt seid doch zufrieden", brummt Olchi-Papa,
„man kann schließlich nicht alles haben!"

Als es nach einer Weile dunkel wird, fallen den
Olchis wieder die Augen zu. Nur Feuerstuhl

bleibt diesmal tapfer wach. Er fliegt die ganze
Nacht hindurch. Als die Olchis ihre Augen
wieder aufmachen, ist es längst heller Tag
geworden, und angenehm warm ist es auch.
Sie sind in Italien angekommen.
Der Drache setzt zur Landung an und das eine
Olchi-Kind ruft: „Muffel-Furz-Teufel! Ich seh
schon wieder einen schiefen Turm!"
Tatsächlich. Da unten steht ein wunderschöner
runder Turm, und er sieht so schief aus, als
hätte sich ein kräftiger Riese daran gelehnt.
Es ist der berühmte Schiefe Turm von Pisa.
„Das waren wir aber nicht!", ruft das andere
Olchi-Kind.
„Vielleicht sollten wir ihn ein wenig gerade
rücken, bevor er ganz umfällt", schlägt Olchi-
Papa vor.
„Gute Idee", sagt Olchi-Mama. „Bestimmt
freuen sich die Leute, wenn wir ihren Turm
reparieren."
Die Olchis parken den Drachen hinter einem
Andenken-Kiosk.

Olchi-Baby darf bei Feuerstuhl bleiben, die anderen Olchis laufen schnell zum Schiefen Turm hinüber.
Mit ihrer ganzen Olchi-Kraft stemmen sie sich gegen den Turm.

„Eins, zwei, Stinkerbrei!", zählt Olchi-Opa.
Gemeinsam drücken sie den Schiefen Turm
Zentimeter um Zentimeter nach oben. Bald
steht er wieder aufrecht und kerzengerade da.
„Ranziger Spülschwamm, ich bin ganz außer
Atem!", keucht Olchi-Oma.
„Bist eben auch nicht mehr die Jüngste!",
kichert Olchi-Opa.
Schon kommen Italiener und Touristen
angerannt. Die Italiener palavern aufgeregt
durcheinander, und alle zeigen auf den
Schiefen Turm, der ja jetzt kein schiefer Turm
mehr ist.

Die Touristen machen hunderttausend Fotos,
und die Andenken-Händler, die kleine schiefe
Türme aus Plastik verkaufen, versuchen jetzt
auch, ihre Plastiktürmchen gerade zu biegen.

Ein Polizist bläst nervös in seine Trillerpfeife,
und zwei Polizeiautos rasen herbei, mit
Blaulicht und Sirene.
Irgendjemand ruft den Polizisten etwas zu
und zeigt dabei aufgeregt auf die Olchis. Die
Polizisten haben ihre Notizblöcke gezückt und
stürmen mit finsteren Mienen auf die Olchis los.
„Ich glaube, sie wollen sich bei uns
bedanken!", sagt Olchi-Oma.
„Wir haben ja auch ein gutes Werk getan!",
sagt Olchi-Mama.

„Die Olchis sind zu jeder Zeit zu einem guten
Werk bereit!", dichtet Olchi-Opa fröhlich.
„Ihr täuscht euch! Bei meinem Stinkersocken,
die wollen uns verhaften!", ruft Olchi-Papa.
„Dazu hab ich jetzt aber wirklich keine Lust!",
schimpft Olchi-Opa. „Ich habe schließlich
Geburtstag und will endlich mit euch in Ruhe
feiern. Mir geht diese ganze Unruhe langsam
schrecklich auf die Nerven! Beim Kröten-Furz!"
Olchi-Opa rennt einfach los und die anderen
Olchis wuseln hinter ihm her.
Wieder springen sie auf Feuerstuhls
schuppigen Rücken und rufen: „Spotz-Rotz!"
Der Drache stößt seine schwefelige Stinker-
wolke aus und hebt ab.
Unten stehen die fassungslosen Polizisten,
halten sich die Nasen zu und rufen etwas auf
Italienisch in ihre Funkgeräte.

7. Ein echtes Olchi-Paradies

„Jetzt such uns endlich mal ein richtig olchiges Plätzchen, wo wir gemütlich feiern können!", sagt Olchi-Oma zu Feuerstuhl.
„Gib dir mal ein wenig Mühe! Such etwas, wo wir uns ausruhen und ein wenig Urlaub machen können!", sagt Olchi-Papa.
„Wo es schön muffelig und furzig ist!", rufen die Olchi-Kinder.
„Genau!", sagt Olchi-Oma. „Jetzt streng dich doch mal ein bisschen an!"
Feuerstuhl schnaubt verächtlich. Das Schnauben heißt: „Jetzt fangt mir nur nicht an zu meckern! Wer fliegt denn hier seit Tagen und Nächten herum wie ein Verrückter? Und alles wegen dem bisschen Geburtstag. Ihr könnt von Glück sagen, dass ich so gutmütig bin! Schleime-Schlamm-und-Käsefuß noch mal! Wie ich diese Aufregungen hasse!"
Feuerstuhl gibt richtig Gas. Mit Höchst-geschwindigkeit zischt er durch den Himmel.

Als gegen Abend eine kleine Stadt unter ihnen auftaucht, wird er langsamer.

Am Stadtrand sehen die Olchis einen Fabrikschlot, Lagerhallen und Container und, was das Schönste ist: eine prächtige Müllkippe!

„Grätziger Grützbeutel!", rufen die Olchis begeistert. „Genau so haben wir es uns vorgestellt!"

Feuerstuhl landet natürlich mitten auf dem Müllberg. Wie herrlich faulig es hier duftet! Und was hier alles herumliegt! Stinkermüll der allerfeinsten Sorte. Ein richtiges Abfall-Paradies!

Olchi-Papa nimmt gleich mal ein kleines Müll-
bad in einer alten Badewanne.

Feuerstuhl trinkt ein ganzes Fass voll
Stinkerbrühe leer.

Die Olchi-Kinder streiten sich um eine riesige
Fischgräte.

Olchi-Mama hat einen Pappkarton gefunden.

„Was für ein wunderschönes Babybett!", ruft
sie begeistert.

Olchi-Oma und Olchi-Opa haben es sich in
einer Ölpfütze gemütlich gemacht.

„Der gleiche Müll wie in Schmuddelfing!", ruft
das eine Olchi-Kind und fischt ein rostiges
Regenschirm-Gestell aus dem Abfall.

„Also, ich finde es hier sehr schön!", sagt

Olchi-Opa zufrieden. Gerade lässt er sich ein paar Schuhbänder schmecken. Er wickelt sie um eine verrostete Gabel wie Spaghetti.

„Hier lässt es sich aushalten, was?", ruft Olchi-Papa aus seiner Wanne.

„Bei meinem grätzigen Stinkersocken! Seht nur! Da drüben ist ja unsere Olchi-Höhle!", ruft Olchi-Opa mit einem Mal.

„Wir sind auf unserem eigenen Müllberg gelandet. Wir sind wieder in Schmuddelfing! Wir sind zu Hause!"

„Wie wunder-, wunderschön", seufzt Olchi-Mama.

„Wie romantisch", sagt Olchi-Oma. „Jetzt fehlt uns nur noch ein olchiges Gedicht!"

Da muss Olchi-Opa nicht lange nachdenken. Er räuspert sich und sagt:

„Kröten-Furz und Pfannenstiel,
wer Hunger hat, der frisst auch viel!
Pfannenstiel und Kröten-Furz,
wer langsam frisst, der kommt zu kurz!

Kleiderlaus und Stinkerfuß,
das Leben ist ein Hochgenuss!
Stinkerfuß und Kleiderlaus,
am schönsten ist es doch zu Haus!"

„Stinkerfuß und Kleiderlaus und jetzt ist die Geschichte aus!", rufen die Olchi-Kinder. „Noch nicht ganz", sagt Olchi-Mama. „Wir haben noch etwas Wichtiges vergessen!" „Was denn?", fragt Olchi-Opa.
Da rufen alle Olchis wie aus einem Mund: „Schleime-Schlamm-und-Käsefuß! Wir wünschen dir alles Gute zum Geburtstag!"

Inhalt

Hallo!

Ich bin Luna Leseprofi. Mit meinem Ufo fliege ich durch das All. Wenn ich lande, ist großer Lesespaß angesagt. Ich bin immer auf der Suche nach neuen Lese-Freunden.

Finde die Antworten auf die 6 Fragen und fliege mit in meine Internet-Welt mit vielen spannenden Spielen und Rätseln.

Leserätsel

1. Wann haben Olchis Geburtstag?

K: wann sie Lust haben

L: alle hundert Jahre

N: wenn der Ober-Olchi es sagt

2. Wem begegnen die Olchis in den Bergen?

E: einem italienischen Geist

A: dem Bürgermeister von Schmuddelfing

O: dem blauen Olchi

3. Wie helfen sie dem Gespenst?

R: Sie befreien es von der Kette.

F: Sie schenken ihm Flutschi.

T: Sie vertreiben die Touristen.

4. Was machen sie in Frankreich?

U: Paris besichtigen

N: Französisch lernen

F: den Eiffelturm anknabbern

5. Wohin fliegen sie als Nächstes?

B: nach Schottland

E: nach Pisa in Italien

D: nach Rom in Italien

6. Was haben sie Wichtiges vergessen?

R: Olchi-Opa zu gratulieren

T: Andenken aus Paris und Rom mitzubringen

P: sich die grünen Knubbelnasen zu putzen

Lösung: __ __ __ __ __ __

Hast du das Rätsel gelöst?
Dann gib das Lösungswort unter
www.LunaLeseprofi.de ein.
Hole deine Familie, deine Freunde
und Lehrer dazu. Du kannst dann
noch mehr Spiele machen.
Viel Spaß! Deine Luna